Segunda edición: febrero 2016

Traducción: Diego de los Santos

Título original: *Miauw! Het grote dierenboek van Kaatje*

ISBN: 978-84-263-9167-4
Depósito legal: Z 1757-2013

Impreso en Serbia

EL GRAN LIBRO DE LOS ANIMALES DE LAURA

Liesbet Slegers

EDELVIVES

Hola, me llamo Laura.
Me gustan mucho los **animales.**
¡Hay tantos! **Mascotas** y animales **salvajes,** animales que **saltan, nadan, vuelan** y **corren** a toda velocidad.
Animales que visten bonitos abrigos de **manchas** o **rayas,** de **plumas** o **escamas...**
¿Queréis ver todos esos animalitos conmigo?

En casa y en la granja

«¡Miau!». Hola, lindo gatito.
«¡Muuu!». Hola, vaca grandota.
Con los dos juego un ratito
y bailo como una loca.

Mu

En la granja hay muchos animales.
Unos ayudan a cultivar la tierra y otros dan leche o huevos.

¿De qué animal se ha disfrazado Laura?
¿Cuáles de estos animales viven en la granja y cuáles no?

León

Cabra

Caballo

Gallo

Pingüino

Cerdo

Laura está trabajando en la granja.
Pero algunos animales no tendrían por qué estar aquí.
¿Sabes decir cuáles?

¡Mira! Los animales
de la granja con sus crías.
¡Qué monos!

**¿Cómo se llaman las crías
de estos animales?
¿Sabes lo que les gusta comer?**

Hacen sonidos muy gracioso.
¡Prueba a imitarlos!

¿Con qué animal relacionas...?

La leche

El huevo

La herradura

La cola rizada

El jersey de lana

Los **animales** que viven contigo en casa se llaman **mascotas.**
Laura, por supuesto, se lleva muy bien con sus mascotas.
A todas les ha puesto nombre.
¡Y en la pared ha colgado sus fotos!
¿Sabrías decir qué mascotas tiene?
Hay una a la que no puede abrazar, porque vive en el agua.
Una de las mascotas es de Nacho.
¿Sabes cuál?

Hola, me llamo Nacho. Tengo muchas cosas para mi perro *Gus*. ¡Mirad!

Siempre come bolitas de pienso en su plato. Le encantan.

Papá y yo lo sacamos de paseo y jugamos con él en el parque.

Cuando está muy sucio, le doy un baño. ¡Nos divertimos mucho!

Cada animal tiene su sitio. ¿Puedes encontrarlo?
Sigue las líneas con el dedo y lo descubrirás.
¿Qué le gusta comer a cada animal?

En el jardín viven unos animales **pequeñitos.**
¿Los conoces?
Echa un vistazo en el parque.
¡A lo mejor los encuentras a todos!

Mira, un bichito lleva una migaja de pan.
Busca en otras páginas y sabrás
de dónde la ha sacado...

Animales peligrosos y animales cariñosos

«¡Grrr!» Soy un fiero león.
muy grandote y peleón.
Afilados son mis dientes:
os haré temblar, valientes.
Pero al jugar con mi cría
siempre se me alegra el día.

Algunos animales son muy cariñosos. Puedes acariciarlos y abrazarlos. Otros animales pueden ser peligrosos y es mejor no acercarse demasiado a ellos.

¿De qué animal se ha disfrazado Laura?
¿Cuáles de estos animales crees que son cariñosos? ¿Cuáles no?

La cobaya
hace ruidillos
graciosos.

El cocodrilo tiene unas
enormes mandíbulas.

La avispa puede picarte.

El conejo
tiene un pelaje muy suave.

El tigre tiene dientes afilados.

El pez nada en el agua.

A los animales **salvajes** no puedes abrazarlos.
No viven con las personas, pero puedes verlos en el zoo.

Mira cómo viven en libertad.

Hola, amigo elefante,
un buen baño vas a darte.
«Splash, splash».
Cuando juegas con tu trompa
dejas todo hecho una sopa.

¡Mira! Estos animales son cariñosos y divertidos.
Son nuestros amigos, los animales **domésticos.**
Podemos acariciarlos y jugar con ellos...
Pero los dejamos tranquilos cuando no les apetece jugar.

Laura acaricia un conejito.

Rosa le da hierba al poni.

Alí juega
con el gato.

Nacho le enseña
un nuevo truco
a su perro.

¡Bonito abrigo!

Qué ovejita más graciosa,
que se parece a una nube
y entre saltos baja y sube.

Yo quiero ser como ella,
vestirme siempre de lana
y pasear cada mañana.

Los animales tienen apariencias muy diferentes.
Algunos parecen llevar bonitos abrigos:
un suave pelaje con rayas o manchas, plumas o púas...

¿De qué animal se ha disfrazada Laura?
¿Qué clase de abrigo llevan los animales que ves en la otra página?

La oveja y su lana.

La mariquita
de puntos.

La cebra y su pijama de rayas.

El pájaro con sus plumas.

La jirafa
de manchas marrones.

El erizo con sus púas.

Cada animal lleva un **abrigo especial.**

¿Y Laura? ¡Fíjate bien!

Sobre el hielo siempre hace mucho frío. Por eso los osos polares tienen un pelaje muy calentito.

La ballena lleva un grueso traje de baño. Los peces más pequeños tienen escamas.

El pato tiene plumas, que también le sirven de traje de baño.

Las plumas del pavo real son muy vistosas.

A veces, el caballo y el perro llevan chaquetas de verdad. ¡Como Laura!

¿Qué es esto?
¡Ay, qué lío!
Estos animales han salido de casa con el **abrigo cambiado.**

¿Sabrías decir cuál pertenece a cada animal?

¿Dónde se han metido los animales?
Laura solo ve formas raras.

**¿Sabes dónde está escondido cada animal?
¿Qué aspecto tenían antes?
¿De dónde nacieron?**

Tortuga
Caracol
Erizo
Pollito
Serpiente

¡Nadan, vuelan, corren y saltan!

Tú eres mi amigo el pez.
No te hacen falta pies.
Todo el día estás nadando,
sin parar y sin descanso.

¡Hola, pajarito celeste!
Y el pato, que a veces vuela,
se zambulle sin problema.

Algunos animales tienen alas para volar.
Otros tienen aletas para nadar.
Y muchos más tienen fuertes patas para trepar por los árboles.

¿De qué animal se ha disfrazado Laura?
¿Y qué pueden hacer todos estos animales?

El koala
trepa.

El delfín nada y salta.

El búho vuela.

El caracol se arrastra.

El saltamontes
salta.

La mariposa revolotea.

Estos animales viven en el mar. ¿Cómo se llaman?
Algunos son verdaderos campeones de la **natación**.

Una cría de delfín con su mamá.
Los delfines son animales
muy inteligentes.

Si muchos pececitos
nadan juntos, pueden
formar un gran pez.
¡Qué gracia!

¡Qué bonitos son
los caballitos de mar!
Son criaturas
muy elegantes.

Las medusas son animales
muy curiosos. Parecen
hechas de cristal.

Las tortugas ponen huevos en la playa.

Las focas pueden nadar y zambullirse rápidamente en busca de comida.

Los pulpos tienen ocho tentáculos con ventosas.

Los cangrejos tienen pinzas para agarrar las cosas.

Las estrellas de mar son pequeñas y viven en el fondo del océano.

¡Y aquí están los campeones! Estos animales son los mejores volando, corriendo, nadando, saltando y trepando.

¿Podrías vencerlos?

El halcón es el campeón del vuelo.

El guepardo es un gran corredor.

El curioso pez vela es un campeón de la natación.

El mono araña es un trepador de primera.

El canguro salta muy alto.

¿Con qué animal relacionas...?

Un árbol

El cielo

Una bolsa con una cría

El agua

Una garra

El caracol se arrastra, el gato corre y el pájaro, cuando no vuela, da saltitos.

¿A qué animal crees que pertenece cada huella?

Hola, traviesa ardilla,
tú siempre andas con prisa.
Con la cola desplegada
y saltando de rama en rama.

¡Qué zoo tan alegre!
Pero todos los animales están dormidos.
No, todos no...
¿Cuál de ellos está despierto?

¿Sabes el nombre de todos estos animales? ¿Podrías contarlos?
¿Cuál te gusta más? ¿Por qué?
¿Y cuál es tu animal preferido?

¡Buenas noches, perrito!
¡Que descanses, gatito!
Ha salido ya la luna,
enroscaos en vuestra cuna.
¡Dulces sueños, conejito!
¡Que duermas bien, osito!
¡Ya está aquí la noche oscura!